Jean et Nestor tiennent à remercier pour leur collaboration :
Edouardo Sottocasa (Studio Labôh) pour les tirages photographiques et
Brigitte Challier

Loi n° 49.956 du 16 juillet 1949 sur les publications
destinées à la jeunesse: mars 1993
Dépôt légal: novembre 1993
Imprimé en France par Jean Lamour à Maxéville

Joëlle Leblond et Véronique Willemin

PETITS BLEUS DANS PARIS

l'école des loisirs
11, rue de Sèvres, Paris 6e

Aujourd'hui, mercredi, Jean et sa maman font des courses dans les grands magasins.

« Maman, regarde le beau chat sur la boîte à musique ! »

Jean s'approche pour le caresser.
Soudain, une grande foule sort du métro et le bouscule.

« Où est maman ? » Jean est perdu, sa mère a disparu.

Il marche lentement jusqu'au pont des Arts, trop triste pour apercevoir le pigeon bleu qui s'approche de lui.

« Bonjour ! Pourquoi pleures-tu ? »
« J'ai perdu maman. »

« Ne t'inquiète pas, je connais Paris comme ma poche, je vais te ramener chez toi. Où est ta maison ? »
« Rue du Gros-Caillou. »

« Alors, suis-moi, on va passer par les quais de la Seine. Mon nom c'est Nestor, et toi ? »

« Je m'appelle Jean. Oh ! Nestor, regarde ! Un beau bateau à voile ! »

Nestor n'a jamais vu un bateau pareil. Mais cela lui donne une idée.

« Si tu veux, on pourrait faire un petit tour en bateau-mouche avant de rentrer. »

« Attends ici. Je vais faire signe au capitaine du prochain bateau et il s'arrêtera. »
« Pourquoi il s'arrêtera ? »
« Parce que les pigeons parisiens sont célèbres, tu sais. Les touristes viennent du monde entier pour nous voir. »
« Ils ne viennent pas pour la tour Eiffel et pour Notre-Dame ? »
« Un peu aussi, bien sûr. »

« Regarde, justement on arrive à Notre-Dame. On descend ? »
« Bon, si tu veux. »

Le soleil a traversé les nuages. Il fait beau sur le quai. Jean aimerait bien mettre ses pieds dans l'eau, mais ça ne plaît pas beaucoup à Nestor. Il ne sait peut-être pas nager. Il montre à Jean le square de Notre-Dame. « C'est là qu'habite toute ma famille. Viens, je vais te présenter mes cousins. »

Nestor explique que la cathédrale Notre-Dame a d'innombrables recoins
pour abriter très confortablement toute sa famille.

Cela rappelle à Jean que sa maman s'inquiète sûrement à la maison.
« Tu avais promis que tu me ramènerais chez moi ! »
Nestor est un peu vexé.
« Mais c'est toi qui voulais voir Notre-Dame ! »

« Alors on regarde cinq minutes et après on rentre, hein ? »
« D'accord. Viens, je t'emmène dans les tours. »

Nestor montre à Jean un grand pigeon de pierre…

…et des gargouilles terrifiantes.

« N'aie pas peur, je te ramène chez toi. » Mais Jean aperçoit au loin les coupoles blanches du Sacré-Cœur.
« Nestor, si on faisait un petit détour par Montmartre, ça ne serait pas trop long ? »

« D’accord ! Mais alors seulement une minute ! »

Nestor se pose en douceur place du Tertre.

« Regarde, Nestor ! J'aime bien cette image ! »
« Ah oui ? Jean, tu crois que je peux goûter aux pâtés de la dame ? »

« Cette fois-ci on rentre, ta maman va s'inquiéter. Viens, il est tard ! »

À mi-chemin, Nestor s'arrête sur la tour Eiffel pour se reposer un peu.
« Oh, Nestor, j'ai le vertige ! »

« Qu'est-ce que vous faites là ? »
Les garçons du restaurant de la tour Eiffel n'ont jamais vu un petit garçon qui se promène seul avec un pigeon.
« Viens, Jean », murmure Nestor, « avant qu'ils nous attrapent. Je n'ai pas envie de finir sur une assiette. »

Cette fois-ci, plus de détour. La nuit tombe.

Jean remonte sur le dos de Nestor, et ils traversent à nouveau la Seine.

« Viens avec moi, Nestor. Sinon maman ne me croira pas quand je lui raconterai. »
« Tu es sûr qu'elle ne voudra pas me mettre dans une casserole ? »

« Maman ! »
« Bonjour madame. Je suis Nestor, pigeon de Paris, habitant Notre-Dame. »
Mais maman est trop occupée à embrasser son Jean adoré, et Nestor décide d'attendre cinq minutes pour les présentations.